JN123707

句集

水を打つ

熊埜御堂 義昭

文學の森

春光を砕きては波かゞやかに

稲畑汀子

ライフワークに応えて――序にかえて――

このほど熊埜御堂義昭さんが、第一句集『水を打つ』を上梓されることとなった。以前から申し上げていることだが、ホトトギス俳人は句集を出すことを躊躇される方が多いようだが、やはり作品を世に問うという意味でも、是非積極的に出して頂きたい。そんな意味でも今回の御上梓は誠に喜ばしいことと言うべきであろう。

熊埜御堂義昭さんに初めてお会いしたのは、はっきりとは思い出せないが、大分県で行われたホトトギスの九州大会であったかと思う。最初は御名前が珍しいという印象であった。大分県では珍しくないのかも知れないが、調べてみると、やはり大分県では二百人居られるようだが、全国では七百人程だそうで、全国では珍しいのかも知れない。ちなみに手前味噌で恐縮ではあるが、私の名字稲畑も、一見珍しくもない印象を受けるようだが、実は全国三百人程しか居ないようだ。

最初から話が脱線気味になってきたが、熊埜御堂義昭さんに初めてお会いした時の記憶では、ダンディーで物静かな人という印象であった。それでも淡々と大会の事務方を務めていらっしゃったのを思い出す。

実際お会いするのは限られた場所ではあるが、氏の強烈なインパクトを、実は毎月感じていることがある。それは「ホトトギス」に氏が毎月御投句される「雑詠」の投句用紙なのである。この用紙の裏面には、投句者の氏名、住所等を記載する欄に加えて「通信欄」という投句者が自由に意見等を書く欄がある。殆どがブランクという例が多く、短いあいさつ文が書かれていることもあるが、氏は毎月欠かさず細かい文字で、御自身の近況や、お医者様らしく、特に昨今のコロナ禍の医学界の状況等を事細かに書かれているのである。勿論専門的なことでも私のような素人にでも判るように優しく書かれていて、いつの間にか氏からの御投句は、先ず裏面の通信欄から読むのを楽しみにしている。

又話が句集から外れてしまって申し訳ないが、そんな几帳面な一面をお持ちの氏が『水を打つ』を上梓された。

句集の構成は先ず「朝日俳壇」と題され、俳壇に入選された句を一番に収められ、以下「平成二年～九年」「平成十年代」「平成二十年代」「平成三十年～令和三年」という年代順に並べられている。そして年代順の中ではそれぞれ春夏秋冬の順になっており、これは読む人にとって、氏のこれまで歩んで来られた俳句人生を辿るのにも非常に判り易い。

脱ぎ捨てて海へ一直線の夏

今日をまだ半分残し水を打つ

鹿児島といふフレームの中にゐて

落下する滝に風の譜光の譜

先ず冒頭に収められたのが「朝日俳壇」入選の中でも年間秀句に選ばれた句である。令和四年二月二十七日に逝去したホトトギス名誉主宰、日本伝統俳句協会名誉会長稲畑汀子の一番大切にしていたライフワークともいえる仕事は、私の印象からすれば朝日俳壇の選であった。毎週芦屋から空路東京の朝日新聞本社まで出向き、多い時には数万句からの選をして、日帰りで芦屋へ戻るという生活を数十年続けてきて、それを自分の誇りとしていた。コロナ禍の影響と、自身動けなくなり、芦屋の自宅に投句葉書が大きな段ボールに入って送られて来るのを、私も開封の手伝いをしたりして見ていたが、私の知る限りではこの俳壇の選句が生涯最後の仕事であったのではないかと思う。その汀子のライフワークであった仕事の入選句を冒頭に収められることこそ、何よりの汀子への供養と言わねばならないであろう。句集の題名のもとになった二句目をはじめ、俳句の神髄のひとつである省略の妙が感じられる。

梅雨晴や待合室の忘れ傘
学会の用意もありて暮の秋
診察を終へての屠蘇となりにけり

平成二年～九年までの、敢えてお医者様としての生活の句を掲げたが、とかく固く詠まれがちの専門職の題材であるが、季題の絶妙な使い方で、格調高い詩趣が生れる句となっている。

春雷に耳をとられて診察す
人のゐるてふ静けさに山女釣る
白衣脱ぎすてて夜学の教壇に
小児科は風邪の待合室となる

平成十年代の句であるが、季題が生活の中に溶け込んで、独自の世界が形成されてゆくのがよく判る。

悲しみの夏がまた来る天主堂

雀にも顔見知りなる案山子とも

医に捧ぐ心変はらず去年今年

平成二十年代の句である。何か命の尊さが、重く伝わってくるが、それが決しておどろおどろしくなく、やはり職業柄命を身近に感じておられる心が読者にも伝わってくるのである。

時ならぬ中国発の春の風邪

コロナ禍の農にとどめの暴れ梅雨

青春の残りが余生爽やかに

黄落は大地への十秒の旅

最後の平成三十年～令和三年の句は、やはり新型コロナウイルス禍を医師として受け止めざるを得なくなった実感が伝わってくる句を最初に二句掲げたが、この頃からホトトギスにも多くのコロナ禍を題材とする句が多くの読者より投句されるようになった。しかし時事を扱う句は自ずから限界があるのではないかと思う。氏の句もこの最初の二句のみであったが、やはりそのことをわきまえておられるのだろう。特に一句目には諧謔味さえ感じるのである。

熊埜御堂義昭さんの句集、もちろん全体を通して読んで頂き、その魅力を是非味わって頂きたいと思う。そしてお読みになった方々も是非、今度は御自身が句集で自分の作品を世に問うという気概を持って頂きたい。そして何よりも義昭さんご自身、これから第二、第三句集を世に問うて、花鳥諷詠の雄として今後共御活躍されることを願って、拙い序とさせて頂きたい。

令和四年九月二十日

ホトトギス社にて

稲畑廣太郎

句集　水を打つ◇目次

装丁　井原靖章

句集

水を打つ

朝日俳壇

◇年間秀句

脱ぎ捨てて海へ一直線の夏

今日をまだ半分残し水を打つ

鹿児島といふフレームの中にゐて

落下する滝に風の譜光の譜

◇週間巻頭句

箒目のここより途切れ落椿

春愁や見えぬコロナを診療す

春愁をゴルフ一打が吹きとばす

マスクしてマスクの母子診てをりぬ

青春の汗よ匂ひよ合宿す

子は未来親は過去のせ半仙戯

雨は街虹は心を洗ひけり

リハビリの小さき一歩草青む

髪靡かせて春風の娘となりぬ

祭見の子に晴れといふ贈り物

空といふ高さを一気なる瀑布

好きなだけ遊んで終はる夏休

麓まで来て完成の紅葉山

楽しみの一杯詰まる冬休

菠薐草食べてポパイの力瘤

石庭にすつと溶け込む落椿

日本の四季に暮らして更衣

峰入の鎖場越えてゆく草履

日溜りを出れば日陰の風は秋

湯冷めして救急患者診てをりし

一歩足のばせば蜜柑かをる町

里暮し支ふ祈りの山眠る

東風吹いて由布の季節の動き初む

敬老の日に受け取りし忘れ物

久闊を叙して弾ける柳の芽

ハンカチをタオルに替へて出掛けねば

闇に来て草に沈みし虫の声

平成二年〜九年

磯の香とたゞ海苔舟のある港

出荷待つ鱒の背鰭の色付きて

タラップを降りて待合室薄暑

鯉幟大漁旗の舞ふ港

幟立ち金比羅歌舞伎近づきぬ

上潮の匂ひし港祭の夜

鰻屋の匂ひ染みたる縄暖簾

梅雨晴や待合室の忘れ傘

夜市の灯集めて金魚掬はるゝ

見上げれば忽ちのうち雲の峰

体操の声に始まる夏休

園児乗せ七夕電車通る街

学会の用意もありて暮の秋

日が差せば枝を移して小鳥鳴く

焼藷屋来て小児科の門前に
急患を診ながらに聴く除夜の鐘

診察を終へての屠蘇となりにけり

平成十年代

◇春

春山へ一歩鳥語に包まれし

天守閣より一気なる燕かな

春雷に耳をとられて診察す

古戦場てふ静けさに陽炎へる

せせらぎの音の軽さよ柳の芽

揚雲雀一気に由布を下りにけり

鍬音に朝の日差しを耕せる

仔牛には無限の世界厩出し

春昼の顔を正して医者（くすし）われ

杖とれて桜吹雪の試歩となる

◇夏

どこまでも子供神輿に従きし母

人のゐるてふ静けさに山女釣る

潮満ちて来て宮島の薪能

醬油屋は白壁造り夏暖簾

ポイントに縄張りはなく鮎を釣る

淡窓は郷土の偉人書を曝す
ともかくもビアガーデンに乾杯す

捕虫網届かぬ先の蟬鳴ける

渾身の一球に青春の汗

土用浪けつて島への定期船

風やまぬ難所に重き登山の荷

蟬時雨一樹をさらに大きくす

平和像夏に祈りの千羽鶴

天幕張る声の明るくキャンプ場

神の棲む湖面静かにボート漕ぐ

秋

池渡る風に救はれゐる残暑

風止んで由布に残暑のありにけり

曼殊沙華夜目にも畦のあるらしく

白衣脱ぎすてて夜学の教壇に

道草も時に楽しく栗拾ふ

校医てふ任務もありし運動会

秋天に余韻残して歌終はる

秋空に視線集めて熱気球

山荘の暮しの中の暮の秋

休診の客あれば酌む菊膾

水害の爪痕残し崩れ簗

健康は白き歯にあり林檎嚙む

標高に既に始まる薄紅葉

◇冬

散髪屋出て凩の人となる

間がありて谷を貫く狩の音

店先のポインセチアを目印に

鉄の街煙は冬の雲となる

ライオンの檻にごろりと日向ぼこ

寒禽の声朝の街貫ける

著ぶくれて診察室の医者患者

霜除のカバーはづして植木市

小児科は風邪の待合室となる

打ち解けて忘年会の顔となる

煩悩は断ち切れぬまゝ去年今年

巫女として花の顔三日かな

山越えの雪になるかと思ふ雨

静けさを深めてをりし夜の雪

無住寺の森を棲処に寒鴉

氷柱折る悪戯心失はず

ノーサイドラガー大きく天仰ぐ

平成二十年代

◇春

草萌えて大地俄かに蠢ける

下萌や地下のマグマが躍り出る

枝垂れたる梅見上げたる車椅子

一輪の梅が点して心の灯
梅の花日差しに語りかけて咲く

山焼いて阿蘇の真黒き朝明くる

鳴きながら楽譜完成させ初音

恋猫は眠らず人を眠らせず

治つても治り切れない春の風邪

石庭の風韻深め落椿

語り継ぐ栄華を今に享保雛

江戸の灯を今に点して古雛

さまぐの命顔出す春の土

受験子に文殊菩薩の知恵の水

日裏二分日面三分花咲ける

蒼天に白の眩しく花辛夷

二分咲きに二分の藤浪あることを

散策の行く手をはばみ雀蜂

烏の巣見てゐる吾を見る烏

仔馬駆け由布に見られて由布を見て

離合待ち追ひ越し待ちの旅のどか

春愁や地震に崩れしままの阿蘇

眩しさを夕日に沈め遠干潟

伝統は磨き繋いでけふ虚子忌

咲き急ぐ一気に牡丹桜まで

黒板の音遠のきし春の昼

蝌蚪の群れ旅立つ勇気まだ湧かず

囀の森に句心歌心

夏

神社守る樹齢千年樟若葉

母の日や遺影はいつも笑ひ顔

カーネーション遺影に感謝供へけり

思ひ出は簞笥に仕舞ひ更衣

マネキンの細腕並び更衣

麦秋の窓をローカル線の旅

悲しみの夏がまた来る天主堂

茄子苗を植ゑて父子の日曜日

茄子苗に色の主張の既にあり

踏み入りし足に藪蚊の逆襲す

列島は天変地異に梅雨荒るゝ

爪痕は此処に彼処に男梅雨

踏み場なき書類に決めて梅雨籠

急患に寝そびれしまゝ明易し

縄張りは釣師にもあり鮎の川

訪へば妣の影追ふ菖蒲園

影一つ踏ませず抜けて競べ馬

万緑や我小さくなる点となる

日を弾き水を弾いて茄子の紺

花と実の同居してゐる茄子を取る

学会の疲れを見せてゐる昼寝

水打ちてをりし女将の顔となる

泣き虫に油断大敵なる汗疹

幼稚園プール開の声に沸く

つぎつぎに点となりたる登山帽

下山して汗の生活の待つてをり

甚平着て医者を忘れてゐる時間

ナイターの余韻引き摺り眠れぬ夜

不動尊護摩に煙らせ峰入す

行の道にも一服の岩清水

ビアホールアフターファイブの顔揃ふ

不機嫌の不を飲み込んでゆくビール

ランドセル放られしまま夏休

日焼して乗馬倶楽部の指導員

太陽の子とし日焼の子となりぬ

峡谷に酷暑忘れてゐる時間

木々は色雄滝雌滝は音重ね

青空へ音を返してゐる瀑布

悲しみを祈りにかへて原爆忌

食べ頃と音が教へてゐる西瓜

下山して由布の家並にある残暑

風向きが音を運んで遠花火

戒名に縁を探して墓参

南国の日差しに負けずカンナ燃ゆ

芒野に生まれし風の波となる

芒穂の数だけありし風の道

繙きて虚子を学びし秋灯下

凝り性の調べは尽きぬ秋灯下

峠路の霧が窓打つレストラン

湯煙を霧が隠して展望所

影連れて池面渡つて来る蜻蛉

サイレンの音けたたまし秋出水

健康に敬老の日に乾杯す

獺祭忌野球復活なる五輪

魚屋の声威勢よく初秋刀魚

涅槃へと露の階段上りきる

匂やかに風嫋やかに秋扇

近道のとんだおみやげゐのこづち

竹灯籠残し火祭終はりけり

招福を火の粉にもらふ秋祭

鵙哮る祈りの山の黙を解く

不動尊風化の顔やそぞろ寒

法螺貝の音冴して谷紅葉

自然薯にまだある長さ掘りにけり

雀にも顔見知りなる案山子とも

障子貼り終へて老舗の佇まひ

表彰の小さき記事載り文化の日

弘法の筆のいたづら秋の雲

冬

お取越東西別院並ぶ街

ワクチンの予約増え来し冬に入る

無住寺のここが入口石蕗の花

結ひ髪に大きなリボン七五三

休診の医師に勤労感謝の日

立ち止まることも人生返り花

連れ立ちて摂社末社も神の留守

抜けるとはまだある証拠木の葉髪

虚子偲ぶ心に見えて時雨虹

空腹と冷えが誘つてゐるおでん

小児科に来る子帰る子マスクして

老二人世間話や日向ぼこ

祠まで磴を百段息白し

冬枯の野仏ばかり目立つ里

落人に神楽太鼓の音悲し

ロープウェイ霧氷の空へ人運ぶ

雨いつか霙に変はるロープウェイ

園児らに輝く未来聖樹の灯

月明り零して街に聖樹の灯

船頭の焚火離れし始発便

置いて来る寒さ待ち伏せする寒さ

湖心へと綺羅となりたる鴨の水尾

流れては戻り来てゐる浮寝鴨

冬蝶に今日の日差しを譲りけり

フレームといふまほろばに開く色

医に捧ぐ心変はらず去年今年

お転婆を封じ込めたる春著かな

寒紅を品よくさして巫女として

寝て過ごすことにも飽きて三日かな

仲見世の一と日は長き三ケ日

祈ぎ事の重さ背負ひし寒詣

凍きびし鶴見颪の風に立つ

雪嶺の由布を望みし観覧車

白銀といふ眩しさの寒椿

昨夜よりの雪に古墳は眠りけり

ラグビーの一塊怒濤となるモール

合宿のラガー駆け込む外科の門

震災の傷まだ癒えず寒の雨

色取りの鉢が並んで室の花

雪雲の重さを逃れ小米雪

煮凝や入院といふ妻の留守

凍滝の崩れて竜の声と聴く

霜焼にまほらでありし手湯足湯

平成三十年〜令和三年

◇春

時ならぬ中国発の春の風邪

転た寝といひし油断に春の風邪

湿原の広さ教へてゐる焼野

接種済みてふ手形要る春の旅

土の香も喉に届けて蕗の薹

犬ふぐり光の点として咲けり

春一番回転扉一周す

雪解道選んで濡れて叱られて

宝木へと裸ぶつかり合ふ会陽

水抜きの栖より蛇穴を出づ

永久の愛綿毛に包み母子草

霞敷く由布は高さを失ひし

宇宙へと空持ち上げて揚雲雀

未来へと羽撃く夢と卒業す

磯蜷の光となつてゐる浅瀬

花散つて空よりジェットコースター

指揮者なき五十万坪囀れる

千年の寺千年の藤の花

漱石の句碑に遊んでゐる子猫

空焦がすことなく仕舞ふ花篝

風光るダム湖見下ろすレストラン

雨音のリズムに蛙合はせ鳴く

春昼やたつた五分にある至福

俎板の朝に目覚めし昭和の日

◇夏

潮の目の関に一本釣りの鯖

観衆に背中押されてゐる祭

神輿昇肩に歴史の重さ載せ

マイケルに負けぬ踊子草をどる

五月闇森点々と祠の灯

蛍火を庭に遊ばせ由布の宿

分校は山の緑に学びけり

籠り堂願ひ邪魔する藪蚊かな

紫に一湖を染めて花菖蒲

コロナ禍の農にとどめの暴れ梅雨

蜘蛛の囲に蜘蛛の個性の表れし

神木の杉より零れ蟬時雨

出来さうで出来ぬラムネの一気飲み

雨上がりヨットに青い空と海

海の日や沖に軍艦駆逐艦

炎天の水面窺ふ池の鯉

遅刻して吹き出す汗と着席す

方言と揺れる電車の中帰省

千年の滝万年の耶馬の岩

滝の影滝の仔細を見せて落つ

迸るしぶき一直線の滝

音といふ帳が包む夜の滝

蟬時雨午後の重たき日差しかな

大雨に極暑に旅装二三転

風鈴の奏づ江戸の音南部の音

一日を包んで終はる大夕焼

秋

熱気まだ瞼に残り阿波踊

澗声が徐々に流してゆく暑さ

スポーツに食に我らにホ句の秋

木も森も山また赤き秋となる

湿原の低き風呼ぶ赤のまま

千年の杜を攫って秋出水

邂逅の月日を埋めてゆく夜長

湿原に入れば花野に入ることに

風となり光となりて花野人

名月を独り占めして露天風呂

震災の海に戻つて来ぬ秋刀魚

鶴見消し由布消し霧の迫り来る

音色てふ色の数ほど虫鳴ける

のぼさんは今も心に獺祭忌

青春の残りが余生爽やかに

白線に運動会の余韻あり

旋風古刹に木の実雨の音

刈りゆけばぽつり案山子の影法師

毒茸の人を惑はす色づかひ

豊年や信号待ちのコンバイン

冬

止まるを知らず黄落とは一気

黄落は大地への十秒の旅

風荒ぶ音の尖りし冬の滝

仏恩のぽかぽか陽気御講凪

オーバーのとんだ荷物となる薩摩

風邪引いて電話で済ます風邪見舞

朴落葉踏み森の静けさを踏み

階の一歩は袴著に高し

前線が南にのびて由布時雨

湯煙はマグマの呼吸息白し

温泉といふ究極の煖房器

忙中に閑を見つけて師走句座

大会は流れて小さき師走句座

今年までてふ簡単な年賀状

竹にお湯流し泉都の初手水

八幡は武家の大神破魔矢受く

明日への余生繋ぎし冬桜

夢語り合ふ成人の日の集ひ

跋

この度、義昭さんの句集『水を打つ』が上梓されることとなったが、私的には遅きに失する感は拭い切れない。と言うのも、ホトトギス俳句を共に始め共に学び、今なお伝統俳句の道を歩み続けている友人の一人として、氏の毎日を見てきたから言えることである。

氏は人命を預かる大切な地域医療に尽力され、その多忙たるや筆舌し難く、その傍ら俳句の指導、また県の俳句運営の為役員の一人として活動をしており、その様な中での今回の上梓故、感慨深いものがある。

本人のあとがきにもあるが、ロータリークラブチャーターメンバーとしての縁が俳句の縁として発展し三十年が経過した。今後もお互いに協力をして花鳥諷詠の道を探求し、大分県の俳句を牽引出来ればと願っている。

今回の作品を見て、どの句も正確に描写し素直で格調高い句ばかりだが、写生句が圧倒的に多いようです。小児科医としてのこれからを考え、第二句集では、写生句は素より氏の身辺句をもう少し加えた句集になっても良いのではと感じ、次の喜寿の機を楽しみに氏のご活躍を申し上げ、今回の上梓のお祝いの言葉とさせて頂きます。

令和四年九月

㈳日本伝統俳句協会九州支部大分県部会会長
大分ホトトギス会会長　木村和人

あとがき

私と俳句との関わりは平成元年、宇佐八幡ロータリークラブに入会した際、会長の桐田紅白先生が発起人となり誕生したロータリー俳句愛好会に、私も参加させていただいたことに始まります。佐藤冨士男先生指導の下、二十数名でスタートしました。

冨士男先生からは俳句は季題を詠むことが大事で花鳥諷詠、客観写生は元より、一次デッサンにならないよう省略を効かせ、切れ字を有効に使い、平明でありながら余韻が残るような句にすること、更に感性を磨くことなどを指導していただきました。

思い返せばホトトギスへの投句を始めて三十年以上、朝日俳壇への投句を始めて十五年以上になりました。三年前に始まった新型コロナウイルスによるパンデミックで俳句環境が大きく変わり悩んでいる時、尊敬して止まない稲畑汀子先生が二〇二二年（令和四年）二月二十七日に亡くなられたことも重なり、自分のこれまでの俳句を見つめ直しこれからの方向性を確かめる良い機会だと考え、上梓を決めました。

書中の作品は「ホトトギス」に掲載された作品、ホトトギス全国大会・九州大会で汀子先生、廣太郎先生の特選句に選ばれた中から自分の好きな句を選びました。朝日俳壇の句は、初期二句以外はすべて稲畑汀子選です。

句集の題名『水を打つ』は、二〇一九年度朝日俳壇稲畑汀子選の年間秀句（十句）に選ばれた、

今日をまだ半分残し水を打つ

より名付けました。

これまで御指導いただいた佐藤冨士男先生、桐田紅白先生、投句や大会を通じて御指導いただいた稲畑汀子先生、稲畑廣太郎先生に厚く御礼申し上げます。また普段から活動を共にしている宇佐ホトトギス句会、宇佐ホトトギス四日市句会、大分県下各ホトトギス句会の句友の皆様、取分け何彼とお世話、御助言をいただいている木村和人先生に心から感謝致します。

上梓にあたり、稲畑廣太郎先生からは深い洞察と身に余る序文を、木村和人先生からは心温まる跋文をいただき、深く感謝申し上げます。

最後に編集・出版をお世話下さいました「文學の森」の皆様に深謝致します。

令和四年九月

熊埜御堂　義昭

著者略歴

熊埜御堂 義昭（くまのみどう・よしあき）

昭和22年　大分県別府市生まれ
平成２年　「ホトトギス」投句
平成26年　「ホトトギス」同人

現　在　㈳日本伝統俳句協会九州支部大分県部会事務局長
大分ホトトギス会事務局長
大分ホトトギス会会報編集長
大分ホトトギス会会報課題句選者
日本現代詩歌文学館振興会評議員

㈩くまのみどう小児科院長
大分県小児科医会副議長
宇佐市医師会監事

現住所　〒879-0471　大分県宇佐市四日市18-5

句集　水(みず)を打(う)つ

発　行　令和四年十二月十八日
著　者　熊埜御堂義昭
発行者　姜　琪　東
発行所　株式会社　文學の森
〒一六九-〇〇七五
東京都新宿区高田馬場二-一-二　田島ビル八階
tel 03-5292-9188　fax 03-5292-9199
e-mail　mori@bungak.com
ホームページ　http://www.bungak.com
印刷・製本　有限会社青雲印刷

ISBN978-4-86737-129-9　C0092